BIBLIOTHÈQUE HISPANO-AMÉRICAINE

33 RÉVOLUTIONS

Canek SÁNCHEZ GUEVARA

33 RÉVOLUTIONS

Traduit de l'espagnol (Cuba)
par René Solis

Éditions Métailié
20, rue des Grands Augustins, 75006 Paris
www.editions-metailie.com
2016

Titre original : *33 revoluciones*

ISBN : 979-10-226-0455-0
ISSN : 0291-0154

Canek SÁNCHEZ GUEVARA est né à La Havane en 1974. Fils d'Hildita, la fille de Che Guevara, il a grandi entre La Havane, Mexico et Barcelone. Écrivain, musicien, photographe, graphiste, anarchiste et fan de rock, il a publié des chroniques de ses voyages sur les traces du Che sous le titre *Journal sans motocyclette*. Il est mort à Mexico en janvier 2015 des suites d'une opération du cœur. Il est l'auteur avec Jorge Masetti des *Héritiers du Che* (Presses de la Cité). *33 révolutions* est son premier et unique roman.

1

Tout bouge de l'autre côté de la fenêtre : arbres en papier, machines jouets, maisons de brindilles, chiens de paille. Une tache d'écume envahit les rues, laissant au passage de l'eau, des algues, des objets cassés, jusqu'à la vague suivante qui balaye tout. La marée arrache ce que le vent ne parvient pas à abattre. L'immeuble résiste à l'assaut de la mer. À l'intérieur, les coursives sont remplies de visages effrayés et de gens qui récitent des instructions et des évidences ("restez calmes, camarades, ça ne va pas durer"). Tous s'expriment à la fois (vingt disques rayés tournant en même temps) : tous disent la même chose avec des mots différents, comme dans la file d'attente ou au meeting – manie de parler : douze millions de disques rayés qui piaillent sans cesse. Le pays entier est un disque rayé (tout se répète : chaque jour est la répétition du précédent, chaque semaine, chaque mois, chaque année ; et, de répétition en répétition, le son se dégrade jusqu'à n'être plus qu'une vague évocation méconnaissable de l'enregistrement original – la musique disparaît, remplacée par un incompréhensible murmure sableux). Un transformateur explose au loin et la ville est plongée dans l'obscurité. L'immeuble est un trou noir au milieu de cet univers qui n'en finit pas de s'effondrer avec fracas. Plus rien ne fonctionne, mais on s'en fiche. On s'en fiche toujours. Comme un disque rayé, qui se répète sans cesse…

2

Le vent s'infiltre à travers les fentes, les tuyauteries sifflent, l'immeuble est un organe commun aux familles qui l'habitent. Rien ne ressemble à la musique d'un cyclone : elle est unique, reconnaissable entre toutes, d'une qualité sans égale. Dans le petit appartement, les murs peints d'une couleur indéfinissable, sans ornements ni images, s'accordent avec les quelques meubles, le téléviseur en bois, le tourne-disque russe, la vieille radio, l'appareil photo pendu à un clou. Le téléphone décroché et les livres par terre. L'eau se glisse par les fenêtres, les murs dégoulinent et des flaques d'eau se forment sur le plancher. De la boue. De la crasse, encore de la crasse. Un disque rayé et crasseux. Des millions de disques rayés et crasseux. La vie tout entière n'est qu'un disque rayé et crasseux. Répétition sur répétition du disque rayé du temps et de la crasse.

Dans la cuisine, deux boîtes de lait concentré, de la semoule de maïs, un paquet de biscuits. À côté un œuf, un morceau de pain, un flacon de rhum. Deux ou trois légumes flétris et moisis. Le mixeur sur le rebord de l'évier ; la poêle sur le feu (la graisse sur le mur) et le frigidaire des années 50, vide et éteint, la porte ouverte. Dans la chambre, le lit est au centre. La salle de bain est minuscule, sombre, sans eau. La douche ne sert pratiquement pas : la cuvette et la cruche la remplacent. Le tube de pâte dentifrice, le déodorant, le rasoir : une cicatrice se dessine dans le reflet du miroir cassé.

Il sort sur le balcon où une rafale de vent le fouette. Anonyme dans l'immensité de la tempête, abandonné à son sort, répétant le disque rayé de la vie et de la mort, il allume une cigarette face à cette carte postale de fin du monde. Encore et encore, comme un disque rayé, il se demande pourquoi tout semble immuable en dépit de la violence de chaque mutation. L'immeuble résiste, oui, mais tout le reste s'enfonce dans les algues et les choses mortes laissées par la marée. Il finit par sourire : au fil des jours, la mer guérira de sa fièvre tropicale et le cycle répétitif du quotidien retrouvera, comme un disque rayé, le chemin de la normalité.

3

Le disque rayé du travail. Le bureau, la photo du dirigeant, la table métallique, la chaise aux hémorroïdes, la grosse vieille machine à écrire, le stylo-bille à côté, les papiers jaunis, les tampons, le téléphone. Le chef arrive. Double menton en avant, il défroisse d'un geste sa guayabera blanche et se racle la gorge avant de parler. Sa voix rappelle la flûte quand il reçoit des ordres et le trombone quand il en donne. Comme à présent. En sortant du bureau, il laisse l'écho d'une porte claquée et lui reste enfin seul dans son bureau, plus noir, plus maigre et plus nerveux que d'habitude. Un peu plus soumis aussi.

Le téléphone sonne et le Noir maigre et nerveux répond sans grand entrain. Il n'entend qu'un bruit de fond – vraiment de fond, comme un disque rayé – et il raccroche. Il va à la fenêtre allumer une Popular. La vie s'arrête sous ses yeux et il ne s'en étonne pas. Il pense qu'il en a finalement toujours été ainsi, une torpeur déguisée en mouvement. Il jette un coup d'œil à sa montre automatique soviétique : dix heures du matin, et il en a déjà marre du boulot. C'est vrai qu'il ne l'a jamais aimé, mais à présent il n'en peut vraiment plus (et aussitôt, entre parenthèses, il se demande quand cet à présent a commencé). Soir après soir il rentre dans son appartement solitaire qui retourne à la solitude chaque matin après son départ. Les voisins ? Un tas de disques rayés sans intérêt. Le comité ? Il suffit de faire profil bas, de lancer quelques "*viva !*" et on n'a pas d'ennui.

En fait, personne n'en a rien à fiche de personne.

4

Pause déjeuner. La cantine déborde de techniciens et d'employés et la queue ressemble à celle du cinéma quand un nouveau film est à l'affiche. La nourriture est aussi bon marché que peu copieuse mais c'est mieux que rien et tout le monde s'en réjouit. "Qu'est-ce qu'il y a aujourd'hui ?" demandent ceux qui attendent à ceux qui sortent : "La même chose qu'hier", répondent-ils d'un ton fatigué. Quand c'est enfin son tour, il observe avec résignation le plateau réglementaire : le cercle de potage, le carré de riz, le rectangle de patate douce, le verre dans son support circulaire et les couverts dans la rainure. Il mange en dix minutes et sort acheter des cigarettes. Les rares ombres de midi n'atténuent pas la chaleur, et encore moins l'humidité de cette jungle de constructions décadentes à la beauté séculaire. Au loin, on devine la mer, mais aujourd'hui sa brise est pure absence. Il grogne une plainte en direction du ciel et s'arrête devant le kiosque au coin de la rue : *Ni cigarettes ni café*, proclame un écriteau écrit à la main.

Comme un disque rayé, grogne-t-il une fois de plus.

5

Devoir et vouloir. Il tape rageusement son dilemme et finit par perforer la feuille de papier, à coups de points et de virgules. Il voudrait rester seul dans le bureau, dans la ville, dans le pays et qu'on ne le dérange jamais. La monotonie s'exprime de mille manières, à travers différents signes. Le travail, la radio, les nouvelles, le repas, le temps libre : je vis sur un disque rayé, se dit-il, qui tous les jours se raye un peu plus. La répétition endort et cette somnolence se répète aussi ; parfois, l'aiguille saute, on entend un craquement, une altération du rythme, et puis elle se coince à nouveau. Elle se coince toujours à nouveau.

Il entend des pas décidés derrière la porte et sait à qui ils appartiennent. Et ce rapport ? Il est presque fini, répond-il. Le chef le regarde de travers, veines saillantes sur le nez, air mal embouché, rejeton de prostituée. Le chef le réprimande tout en veillant à rester bien coiffé (beaucoup de gomina, beaucoup d'eau de Cologne et beaucoup de talc sur la nuque, se dit-il). Il sent l'envie de l'envoyer se faire foutre, d'envoyer sa mère se faire foutre, de l'envoyer se faire foutre jusqu'à la fin des temps, mais il parvient seulement à dodeliner de la tête sans rythme, de façon absurde, incapable de comprendre ce qu'on peut bien lui reprocher.

– Fais ce que je te dis ! rugit le maître. Tu fais ce que je te dis ?

6

Fin de la journée. Huit heures à vérifier des papiers, à signer des circulaires, à mettre des coups de tampon, à rédiger des rapports, à faire des photocopies, à supporter le chef et c'est à peu près tout. Huit heures aussi interminables que l'été ou la solitude. Huit heures consacrées au néant. Mais aujourd'hui c'est la paie, et c'est comme si le nihilisme quotidien prenait un sens, la farce de l'utile, le délire du service.

Il renifle l'enveloppe jaune en papier kraft, avec son nom écrit à la main, et il compte ces billets colorés dont la valeur, il le sait bien, est aussi relative que notre réalité. Il n'a pas envie de rentrer chez lui, il pense plutôt à manger une glace ; il marche sans se presser, regardant les disques rayés qui passent avec leur sourire de fin de mois, gonflés d'orgueil salarial. Il n'y a pas de silence en ville : tout le monde parle en même temps, plus que d'habitude, un bourdonnement qui se propage, comme si chaque bourdon imitait l'autre – et comme si toutes les abeilles se prenaient pour la reine.

Il arrive enfin devant le glacier et la file d'attente lui ôte son envie. Il passe sans s'arrêter (entrer au cinéma ? à quoi bon ?). Il se dirige vers San Lázaro, s'enfonce dans une rue pour échouer dans un bar sombre qui sent l'urine masculine : long comptoir, tables sales, rhum bon marché : rien d'autre. Personne ne sourit ni ne dit bonjour. Chacun pour soi.

Quatre types jouent aux dominos dans un coin, comme chaque jour de l'année et comme chaque année depuis la nuit des temps. Le défilé des rectangles blancs, des points noirs, des doubles neufs, des cris et des jurons ne varie pas. Posé à côté de chacun des joueurs, le sempiternel verre de rhum ; au centre, un cendrier rempli de mégots. Voilà, se dit-il, le disque rayé de la culture nationale. À un autre coin de rue, une femme taciturne, habillée bon marché et de toutes les couleurs, parle toute seule en feuilletant le journal de la veille. Quatre pages, toutes semblables, sur le même ton, dans la même veine, sur le même tempo, mêmes paroles et même rage.

La femme marmonne.

Il s'assied au comptoir, commande un rhum, allume une cigarette et laisse errer ses pensées : l'univers est un disque rayé, qui échappe totalement à la relativité ou à la physique quantique, plein de sillons où se déroule cette vie de poussière cosmique, de graisse industrielle et de goudron quotidien. Il boit une longue gorgée, se racle la gorge et penche la tête, écœuré et reconnaissant :

Le rhum est l'espoir du peuple, se dit-il.

7

La lune se lève quand il sort du bar. Sa lumière s'infiltre avec parcimonie entre les immeubles. Il marche en évitant les ruelles et les coins sombres. Sur l'avenue, le concert bat son plein ; il se fond dans la foule (le peuple, la marée) au rythme des tambours et des trompettes chinoises. Il danse dans la solitude d'un vacarme qui l'isole en l'entourant et il se demande en quoi consistent l'appartenance et l'unité : la communion des êtres étrangers n'est-telle qu'une simple exception à la règle commune ? De toute façon, se dit-il, c'est le disque rayé des rencontres et des séparations fortuites, anonymes et désintéressées (sans préméditation ni bénéfice : pure gratuité nocturne) sur cette avenue où convergent la sensualité, l'égalité et l'élan solidaire. La seule chose qui fonctionne ici, se dit-il, c'est la fête, l'orgie, le phallocentrisme et l'épopée de la chatte (matérialisme érotique). Le reste : du discours pour obnubiler les masses. Le sexe est le commencement et la fin : la baise historique, se dit-il.

Et là, au milieu de la musique, des corps en sueur et des verres en carton remplis de bière, il se souvient de son ex-épouse, maladivement frigide. Le mariage n'a pas duré longtemps : un disque rayé de discussions et de reproches dont la détérioration progressive a fini en rigidité cadavérique. Son asexualité l'entraînait vers l'impuissance, obscurcissait son humeur et sapait son optimisme déjà faible. Au début il s'est dit que c'était de la pudeur, de la timidité, et que le temps et la confiance viendraient à bout de ces tares. Mais c'était plus profond. Loin de s'améliorer, la situation a empiré. Les semaines passaient sans autre intimité que les repas pris ensemble, et le sexe a fini par disparaître entièrement de leurs vies (et les caresses, les sourires et les mots). Il a décidé de la quitter après un rêve inquiétant : dégoûté d'elle, et profitant de son sommeil, il la tuait à coups de machette, en éclaboussant de sang les murs de la chambre. Il s'est réveillé effrayé, en constatant qu'il avait éjaculé, et le lendemain matin il a quitté la maison de très bonne heure pour ne plus jamais y revenir – des mois, peut-être des années plus tard, ils ont fini par divorcer, rancœurs éteintes et reproches adoucis.

En dansant il arrive au Malecón, achète un flacon de rhum frelaté, s'assied devant les vagues et compare le flux et le reflux de l'eau aux mouvements sur le mur, où vont et viennent des couples enlacés, des groupes excités et des solitaires comme moi, se dit-il : voir passer le temps est le passe-temps favori du peuple. Non pas le perdre, ce qui impliquerait déjà une possession. Les années restent, se dit-il : le temps passe toujours…

Il scrute à nouveau la mer et boit à la bouteille. Derrière lui, la ville sale et belle et cassée ; devant, l'abîme qui insinue la défaite. Ce n'est même pas un dilemme, encore moins une contradiction, mais la certitude que cet abîme, cet isolement, nous définit et nous conditionne. Nous gagnons en nous isolant et en nous isolant ce sont eux qui gagnent, se dit-il. Le mur est la mer, le rideau qui nous protège et nous enferme. Il n'y a pas de frontières ; ces eaux sont le rempart et les barbelés, la tranchée et le fossé, la barricade et le barrage. Nous résistons dans l'isolement. Nous survivons dans la répétition.

8

Petit à petit le Malecón se vide. L'aube menace et il pense à rentrer. Il avance sur une avenue sans taxis ni passants, les arbres et les immeubles semblent surgir du caniveau. Il entend derrière lui le grondement du bus et court vers l'arrêt. Il n'est plus qu'à deux cents mètres quand le gémissement de la sirène le stoppe net. Les flics descendent, l'observent de la tête aux pieds, remarquent la bouteille et lui demandent ses papiers.

– Carte d'identité !

– Mais, camarades, je vais rater le bus.

– On verra ça plus tard. D'abord tes papiers.

Il leur tend la carte d'identité et l'autre aussi. Ils sourient. Font les vérifications. S'excusent :

– Désolés, camarade. Vous savez ce que c'est : un Noir en train de courir dans l'obscurité est toujours suspect…

9

L'alcool s'évapore, les lumières du bus clignotent au lointain et sa négritude pâlit de colère. Il se souvient du jour où on lui a remis la carte (pas celle d'identité, l'autre) : le sourire bêta avec une pointe de fierté, la sensation unique d'être partie prenante d'un avenir nouveau et vigoureux et rédempteur. Mais les lendemains se construisent sur les fondations d'hier et avec la main-d'œuvre d'aujourd'hui. Il a compris alors que l'image de l'avenir n'est pas et ne peut pas être l'avenir lui-même.

Un concert de jurons le maintient en mouvement jusqu'à ce qu'il arrive à l'immeuble. Il soupire devant l'ascenseur en rade au rez-de-chaussée (le disque rayé de ce qui ne fonctionne jamais) et monte les sept étages d'un pas fatigué. Dans son appartement, la solitude l'accueille dans toute sa nudité et l'invite à se coucher auprès d'elle. Par défi, il se jette tout seul sur le canapé, met un vieux disque qui s'enraye à la moitié, bégayant une percussion aléatoire. Il éteint l'appareil et sort sur le balcon pour fumer devant l'obscurité de la mer.

Le jour se lève, la police lui a ôté le sommeil et quelque chose qu'il ne nommerait pas fierté, encore moins dignité, mais qui est sans aucun doute important. Il ne supporte pas qu'on lui fasse savoir (qu'on me rappelle ? se demande-t-il en souriant) qu'il est un Noir de merde. Sur le balcon, en slip, torse nu, il se dit qu'il n'y a pas la moindre trace de grandeur dans tout cela, et il fait un geste qui prétend englober la ville, peut-être le pays tout entier. Mais il a toujours baigné dans la légende, dans toutes les organisations, les discours, les manifestations, les délégations et les compromis. Toujours en restant sur ses gardes.

C'est dans ses dernières années à l'université qu'il a commencé à changer, même s'il ne situe pas le moment précis ni les circonstances exactes, diluées dans le temps, où cela s'est produit, ni en quoi a consisté concrètement ce changement.

L'aiguille a sauté, se dit-il.

10

Père était ce qu'en termes sociologiques on pourrait définir comme un paysan grossier ; mère, en revanche, était une charmante demoiselle de la ville qui avait été élevée pour faire un beau mariage et guère plus – des notions élémentaires d'anglais, de piano, de cuisine internationale : le nécessaire pour faire bonne figure en société. Il n'est pas difficile de comprendre que dans le tourbillon révolutionnaire ce type d'unions pouvaient se produire : le pays se transformait à toute vitesse et certaines barrières tombaient avec fracas, favorisant des relations autrefois impossibles ou impensables. Père avait rejoint les Barbudos quelques mois avant leur entrée triomphale et mère vendait des billets de soutien à la révolution dans son auto dernier modèle à crédit. Ils s'étaient connus – on pourrait dire ils étaient tombés l'un sur l'autre – dans un de ces meetings de masse où furie et ferveur se mêlaient, et des rencontres ultérieures dans divers cercles et assemblées avaient fini par donner corps à la conscience d'être égaux, de partager les mêmes rêves, de faire partie d'un projet collectif aussi exigeant pour l'un que pour l'autre. Plus tard, père travaillerait pour la réforme agraire et mère pour l'industrie de base.

Il n'y avait presque pas de livres à la maison – des ouvrages doctrinaux, pas pour la lecture, mais en signe de respect – et, pour la musique, la radio avait toujours suffi. Il avait été un élève appliqué mais pas spécialement doué. Les lettres ne l'intéressaient pas beaucoup, et hormis les maths, les matières scientifiques n'étaient pas son fort.

En revanche, il était celui qui avait le meilleur comportement, et il ne boudait pas sa participation aux activités patriotiques, aussi ennuyeuses fussent-elles. Il avait commencé des études techniques – une spécialité quelconque en ingénierie – et n'avait à peu près aucun goût d'ordre culturel, sportif ou professionnel : la Patrie d'abord, répétait-il avec conviction. Il était un participant zélé et figurait toujours en haut de la liste des meilleurs éléments. Il avait été chef de classe, d'école, de différentes sections et fédérations et certains se souviennent de lui dénonçant des camarades peu enclins à l'engagement politico-idéologique. Il était, donc, d'une conscience à toute épreuve : pas brillant mais engagé. Jusqu'au jour où il avait commencé à lire ; d'abord timidement, presque craintivement – comme s'il s'était agi de quelque chose d'interdit –, puis de façon compulsive : affalé sur le canapé, le paquet de biscuits dans une main et le livre dans l'autre.

– Mais fais quelque chose ! lui criait père, qui ne le comprenait plus, mais mère, toujours mère, disait à son mari de ne pas se mettre dans cet état, le garçon allait peut-être devenir un intellectuel.

– Un intellectuel ?! bramait père, convaincu que les artistes (et toute cette engeance) sont la honte du pays. Et il avait raison, des dizaines d'années plus tôt il avait suivi de près les discussions avec ces soi-disant intellectuels qui ressemblaient plutôt à des agents ennemis, des "diversionnistes" ! Tous coupables du péché originel : le manque d'esprit révolutionnaire. Pas question que tu leur ressembles ! Sûrement pas ! (Derrière, mère lui faisait signe : ne fais pas attention à lui, mon fils, ne fais surtout pas attention à lui.)

Il avait beaucoup lu – sans s'en rendre compte, sans ordre ni but – et il avait poursuivi ses études car il avait découvert un univers privé bien plus étendu que celui qui l'entourait. Plus tard, cet univers allait souligner encore plus l'étroitesse du quotidien et le faire rêver jusque dans des proportions inconnues. C'était alors que les disques rayés avaient commencé.

11

L'aiguille se coince dans un sillon et l'avenue tropicale est pleine d'Ourals, de Volgas, de Moskvitchs et de Polskis. À l'intérieur, l'air conditionné et la boutique pour diplomates remplie de jolies choses. Dehors, l'asphalte bouillant, la brise inexistante et la soif ; à l'intérieur la bière fraîche, les gadgets et la nourriture ; dehors, la faim et le silence. Deux mondes en un, deux dimensions, deux univers : deux patries et deux morts, se dit-il : l'aiguille émet un craquement, saute et retombe là où rien n'est permis mais où tout se résout et se fait.

– L'embargo ? se demande-t-il en admirant les rayons remplis de produits étrangers à des prix incompatibles avec l'économie nationale, et il s'étonne, non de ce qu'il y a, mais de tout ce qu'il n'y pas à l'extérieur de cette enceinte consumériste.

Il a une légère gueule de bois et avec des mouvements lents, les muscles endoloris, il tend le bras pour attraper un Coca bien frais : il l'ouvre sur place, en sifflotant *La Marche du peuple combattant*, il a un plaisir presque esthétique – et même idéologique – à le boire, et il sourit comme un gosse qui fait un mauvais coup quand personne ne le surveille.

12

Il ne va pas seul à la boutique pour étrangers, mais avec la Russe du neuvième, celle qui contrôle le trafic dans l'immeuble. C'est elle qui a un passeport, le droit de détenir des devises et le droit d'acheter. En sortant, ils prennent congé affectueusement (il lui laisse une commission pour l'avoir laissé entrer) : père n'aura pas connu ça, se dit-il. Il est mort il y a des années, quand on a découvert que dans l'entreprise agricole qu'il dirigeait il y avait un gros trou dans la caisse, et qu'on a rejeté la faute sur lui.

– Malversation ! a-t-on dit au procès, et lui, le pur, le tellement pur, a clamé son indignation et son innocence :

– Putain ! Moi, personne ne me traite de voleur ! s'est-il époumoné, écarlate, juste avant que son cœur n'explose.

– Infarctus foudroyant, a dit le médecin.

Le soir de l'enterrement, en se soûlant avec ses amis, il s'est dit que père était mort de naïveté (et il a dit, en guise d'adieu, qu'il était têtu mais honnête, borné mais idéaliste, avec un sourire triste d'ivrogne, en montrant ses dents blanches). Mère, après quelques mois de désolation, à errer de la maison au travail et du travail à la maison, a décidé de demander la nationalité espagnole (le grand-père était espagnol) et est partie à Madrid. C'est elle qui de temps à autre lui envoie un peu d'argent et quelques livres.

Il n'aime pas se promener dans la rue avec les sacs du supermarché, et c'est pour ça qu'il met tout dans son sac à dos. En fait, il n'a pas acheté grand-chose, un peu de viande, du riz, des œufs, de l'huile, du pain, deux ou trois bières, un flacon de rhum, des cigarettes, du dentifrice, du déodorant, du shampoing : l'essentiel (avec la carte de rationnement, pas la peine d'en parler) : il mange peu et ses goûts sont simples ; en plus, il déjeune à son travail : que demander de plus dans ce monde ? se demande-t-il, sarcastique. De l'extérieur, il a l'air d'un citoyen lambda : un type terne, visage banal et yeux inexpressifs : encore un disque rayé, murmure-t-il pour lui-même.

Et à l'intérieur ?

Il se pose beaucoup la question. Il a peur de découvrir qu'il est en fait un masochiste narcissique fasciné par sa propre misère existentielle : comme un maudit poète maudit, se dit-il (il observe les gens à l'arrêt de bus, scrute leurs regards absents, si semblables au sien, et se met à marcher sur la Cinquième, tête basse et avec le sourire).

Un parmi tous les autres…

13

À un moment dans sa jeunesse il a voulu changer de carrière, arrêter les études d'ingénieur pour s'inscrire en lettres, en philo, ou en histoire, ou même en sciences sociales, mais il faisait constamment passer les jugements et les valeurs de père avant ses projets. Quand celui-ci vivait encore, il craignait de le tuer en lui faisant peur, et une fois mort, il avait décidé de respecter ses désirs : mais c'était sa faute et non celle de père. D'un autre côté, il n'a jamais pu écrire – il se sait incapable de bâtir la moindre phrase : il se considère seulement comme un lecteur raisonnable et inquiet, et cela lui suffit. Son travail au ministère est ennuyeux mais propice à la lecture : il recouvre les livres avec du papier journal et si quelqu'un au bureau demande ce qu'il lit, il répond invariablement Agatha Christie (même s'il s'agit de Kundera).

Mais la découverte la plus importante de ces dernières années a été la musique – avant il n'avait pas de musique ; il écoutait ce que ses amis écoutaient (s'il était avec des salseros, de la salsa, avec des trovadores, de la trova, du jazz avec des amateurs de jazz et du rock avec des rockeurs… et ainsi de suite, sans s'arrêter sur un genre particulier). Sans préférences. Il ne décelait aucun sens dans cette explosion de sons : il dansait parfois, plus par instinct sociable ou dans l'exercice du rituel d'accouplement que par véritable plaisir autonome. La musique, en somme, ne lui disait rien.

C'était arrivé après la séparation avec sa femme : il avait décidé d'aller au théâtre écouter l'orchestre symphonique. Il n'y avait pas de curiosité dans cette décision, en tout cas pas beaucoup, c'était plutôt que toutes les autres options lui avaient semblé pires, le match de base-ball au stade, une comédie au cinéma, la télévision et ses deux chaînes : non, merci. Il y avait au programme des pièces de Roldán et de Brower. Pour la première fois, il avait été capable de rêver tout en écoutant la musique. Ces sons – ces accords distordus – l'avaient fait bondir de joie, d'un plaisir inexplicable, plus proche de la névrose que du calme spirituel. Pendant des semaines, il avait vécu avec cette sensation dans le corps ; et il avait soudain pris conscience d'avoir trouvé la musique qui lui manquait. Avec le temps, il était parvenu à se faire une collection, modeste mais bien conçue : des avant-gardes, de la musique sérielle, aléatoire, mathématique, moderniste, minimaliste, et de temps à autre il se demandait ce qu'il avait fait pour mériter ça – avoir des goûts si éloignés des tropiques où il vit…

14

Il se sert une bière, allume la télé avec le son au minimum – des voix de fond, un peu de compagnie – et il met une cassette de Varèse, plus fort. Il retourne à la cuisine se préparer un bifteck ; il le dévore avec du pain à l'huile et à l'ail, sur le bord de l'évier. Il synchronise la dernière bouchée avec la dernière note du disque. Il prend un livre et essaie de se concentrer, tout en tentant de résister à la chaleur. Il a besoin de compagnie : depuis la séparation, il a décidé qu'il ne mettrait jamais plus une femme dans son lit, ou du moins jamais plus d'une nuit. Il mène avec lui-même une vie sexuelle saine et ne s'accouple qu'en cas de nécessité – s'il a envie de fumer une cigarette et de parler en regardant le plafond, et pas chaque fois qu'il a besoin d'éjaculer : c'est plus sain comme ça, tente-t-il de se convaincre. Il se sent particulièrement attiré par les femmes autour de la cinquantaine, mariées ou fraîchement divorcées. Il ne supporte pas les célibataires. Trop maternelles, à son avis.

C'est à la fin de la crise de son mariage (à vingt-cinq ans) qu'il a commencé à se sentir attiré par les femmes mûres ; par curiosité au début – par vice ? –, puis par conviction. Tout a commencé avec une voisine, mariée à un militaire qui passait plus de temps à la caserne qu'à la maison. Ils ont fait connaissance pendant une garde au comité et ils ont parlé et parlé pendant des heures de sujets aussi intimes que les retards dans la distribution de la viande ou le manque de variété des légumes au marché. D'une façon ou d'une autre, ils ont fini par entretenir une relation secrète dans un immeuble où les ragots sont rois (en fait, le problème était moins le qu'en dira-t-on que le mari, un vrai danger, un type – pense-t-il – qui n'aurait pas hésité à lui tirer une balle dans les couilles).

Il se lève sans se presser et monte au neuvième pour voir la Russe. Elle ouvre et s'appuie contre la porte, comme si elle avait pressenti sa visite. La soirée passe lentement – ils se connaissent, ont appris à se donner du plaisir avec des spasmes prolongés et répétitifs – et, vers la fin, il souffle bruyamment. Il fume, allongé dans l'obscurité, à côté du dos nu de la femme – des fesses puissantes qui gonflent les draps et les rêves –, et il se dit que les métaphores sont inutiles à cet instant où la fumée se dissipe en montant vers le plafond, se mélangeant au parfum de la sueur, du sexe et des tropiques.

Elle dort et il en profite pour renifler son corps (l'odeur des aisselles velues lui brûle les fosses nasales et attaque violemment ses neurones). En douceur, il la fait se retourner – les seins pointent vers le plafond –, il enfouit le nez dans son pubis, s'emplit les poumons de l'acidité sans pareille de ce sexe exubérant et blond, plein de réalisme socialiste. Elle sourit dans son sommeil – elle murmure quelque chose en russe (de retour à la steppe) – et il s'allonge pour en fumer une autre et se laisser entraîner par le disque rayé du plaisir et de la fatigue.

15

Sa tranquillité est brutalement interrompue par un déluge de gifles et de coups de botte. Il essaye de se réveiller, tremblant, les yeux implorants, nu, et il se demande ce qu'il a fait, ce qu'il a dit et il crie à pleins poumons. Son corps le brûle et il sent chacun de ses muscles paralysé par la peur. Il descend l'escalier en rebondissant sur une surface peu agréable au toucher, dans un brouhaha d'insultes, de rage, de folie. Encore des coups de pied, beaucoup d'autres. À présent il pleure. Il ne veut pas mais il ne peut pas s'en empêcher. Les dents. Il a mal aux dents. En bas, ils le poussent à l'intérieur d'une Mercedes neuve, qui oscille au rythme des coups.

Villa Marista. On le traîne jusque dans une salle d'interrogatoire. Un médecin certifie en tremblant que cet individu maigre et au bout du rouleau, qui tremble aussi fort que lui, ne présente pas de lésions graves. Deux officiers entrent et, l'air menaçant, exigent qu'il raconte tout. L'un lui balance une terrible droite en plein visage ; l'autre l'insulte, le traite de pédé et lui envoie son poing dans l'estomac :

– Tu vas parler, oui ou merde ! hurlent-ils tous les deux en même temps.

16

Ils l'enferment dans une cellule avec deux types patibulaires. Il se pelotonne dans un coin, il renifle, il essaie de rendre la douleur supportable. Il lève les yeux, les détenus l'observent en souriant.

– Tu as parlé ?

– Parlé de quoi ?

Il est proche du désespoir. Il ne comprend pas ce qu'il fait là et n'a aucune idée de comment en sortir. En cet instant, tout n'est que peur. Une peur qui ronge, qui humilie, qui fait plus mal que les coups, les cris, les insultes. Peu importe s'il y a ou non des témoins de sa panique, de sa paralysie : le témoin, se dit-il, c'est moi, sans pitié pour lui-même alors qu'il parvient enfin à respirer un peu plus calmement. La cellule pue. Elle est étroite, grise, avec des taches qu'il imagine de sang séché. Il y a une petite fenêtre, suffisante pour aérer, presque à hauteur du plafond, hors d'atteinte pour un homme de taille moyenne.

Il s'allonge sur un lit en ciment, froid et dur comme une pierre de cimetière. Il ne parvient pas à fermer les yeux. Il a peur de le faire. Une longue séquence d'images déformées se déploie au plafond, qui lui rappellent *Orange mécanique*. Trois gardiens athlétiques et courts sur pattes le sortent de la cellule à coups de pied et l'obligent à marcher le long de couloirs interminables. Ils arrivent dans une pièce obscure, avec une seule ampoule faible. À l'intérieur, un officier supérieur l'attend (impossible de se tromper) ; on l'assoit sur une chaise et, avant qu'il ait ouvert la bouche, un gros tome du *Capital* s'écrase contre sa tempe gauche :

– Raconte, murmure le gradé dans la pénombre.

– Raconter quoi ?

– Tu le sais bien…

– Je ne sais rien. Je ne comprends pas.

Les gardiens se regardent, l'un fait une remarque à voix basse à propos d'un sale petit pédé suceur de bites, et l'autre lui balance le deuxième tome, cette fois avec la tranche et en plein visage. Son nez saigne (il a la cloison nasale brisée). Douleur insupportable, larmes qui jaillissent sous ses paupières fermées, et véritables hurlements.

C'est là qu'il se réveille, baigné de sueur, à côté de la Russe, qui à cet instant émet un grognement intraduisible.

Il s'habille en vitesse.

Il fuit vers la réalité…

17

Huit heures du matin. La chaleur et l'humidité sont déjà insupportables (l'atmosphère échappe à tout instrument de mesure : quelque chose d'indescriptible flotte dans l'air). Le bus est en route pour l'abattoir du quotidien (des gens accrochés aux portes et aux fenêtres, des mains baladeuses à l'intérieur, la pêche du petit matin) et finit par s'arrêter au carrefour de deux avenues figées dans le temps. Déjà fatigué, il marche vers le travail avec la certitude de l'inutilité – déplaisir, dépérissement, silence au jour le jour : le bureau l'attend comme la semaine dernière, il n'y a ni surprises, ni changements, ni nouveautés. L'épopée épuisée, ne restent que l'ennui, l'absentéisme et la paresse (la conscience est volatile, si on ne la nourrit pas, elle se raye, l'aiguille saute et elle devient incompréhensible – insaisissable –, impénétrable). Tout manque de définition ; la saleté efface les formes les plus élémentaires (le vol est une pratique légitime) : le chantage est facteur de cohésion ; la décadence se déguise en progrès et même ainsi le disque continue à tourner (l'aiguille se bloque, saute et revient en arrière) : le désarroi est la seule certitude.

Il le sait : il n'y a rien de positif à attendre d'aujourd'hui. Dans des jours pareils, la vie lui semble un exercice littéraire en vain, un poème expérimental, un traité de l'inutile et du superflu, et il marche lentement, les yeux rivés au sol, avec l'envie de tomber dans le caniveau et de mourir écrasé par l'habitude. Il allume une cigarette, exhale la fumée et regarde derrière lui (au-delà du temps). Il se dit qu'après tout la réalité est un lieu étrange, du moins ici. Décidé, il fait demi-tour, marche dans la direction opposée. Il monte dans un minibus qui sent la cire pour carrosserie, coincé entre six inconnus.

À travers le pare-brise, il voit défiler le monde rayé, comme un disque où tout passe (la ville, blanche de toute cette lumière, les gens sur les escaliers, sur les balcons, sous les porches, qui regardent dans le vide ; les files d'attente et les trottoirs défoncés). Le chauffeur n'arrête pas de se plaindre : l'essence, les pneus, les pièces détachées (grammaire de la locomotion, parole en mouvement perpétuel). Le Capitole : des photographes ambulants, des touristes, des adolescents en fugue, des minettes court vêtues, des flics qui observent, des adultes qui s'adonnent sans ambiguïté à la dialectique du désœuvrement…

Il marche, attentif aux conversations.

– À mort, le syndicat ! crie quelqu'un.

– Tous pourris !

– Suceur de bites ! lance un autre.

– Ta gueule, connard. – Oh, un début de bagarre. – Moi, je te le dis, toi t'es qu'un gros pédé !

– Tire-toi, mec. – La foule s'agite (les esprits chauffés à blanc) : éthique du coup de couteau et de la balle dans la poitrine.

– Dégage, c'est en train de péter !

Les flics. La voiture de patrouille. Il arrive à l'arrêt et demande qui est le dernier de la file. Des gens partout – des disques rayés que personne n'écoute (une statistique pour le discours ou le bilan comptable) : et pourtant, ce ne sont pas eux qui sont de trop, se dit-il. C'est moi qui suis de trop.

18

Santa María, le sable brûlant, les disques rayés en bikini ou en bermuda. Il observe un groupe de jeunes qui regardent vers la mer avec un mélange de fatalisme et d'anxiété (le lointain paraît si loin vu d'ici) : la schizophrénie est normale sur ce disque rayé – face A, face B – : un mélange qui ne mène nulle part, une phénoménologie bipolaire. Il marche pieds nus, le bas du pantalon retroussé (épaules ployées, yeux au sol). Pas un brin d'ombre sur toute la plage (l'odeur entêtante de l'iode), il traîne ses os et il s'assoit tout au bout, loin du tumulte.

Il fume face à la mer, se dit que rien ne le retient ici – et tout là-bas, assis sur le sable, il se demande pourquoi (dans quel but ?). Sa vie s'écoule avec une lenteur sidérante (à la Tarkovski) et tous ses anciens rêves se sont dilués avec l'aide implacable de la réalité. Si au moins son travail le rendait heureux, mais même pas : petit bureaucrate, qui supporte des chefs infiniment plus médiocres ; ce n'est pas non plus une question matérielle : ses besoins sont minimes, il vivrait à peu près de la même façon n'importe où sur la planète. Il s'agit du choc entre la réalité et lui : l'inertie qui l'empêche de sortir de l'enlisement ; le faux dilemme qui l'attache au néant.

Il fait une chaleur criminelle, elle fait fondre les neurones, incite à la violence, décuple la fécondité. Il n'y a pas une bière à des kilomètres à la ronde (ni eau, ni soda, ni rien qui puisse s'acheter en pesos) : rien ne m'appartient, se dit-il, et moi, est-ce que j'appartiens à quelque chose ? (Le disque rayé résonne plus fort.) Soudain apparaît un groupe de jeunes portant un étrange objet, à mi-chemin entre un ready-made et une armoire cassée (ils sont six ou sept à le porter) ; ils mettent la chose à l'eau pour monter dessus. Le spectacle attire une horde de curieux :

– Vous partez ?

– On se casse !

– Droit vers les States.

– Bon voyage, messieurs.

– Merde, emmenez-moi, soyez pas chiens…

L'engin flotte par miracle ; en lançant des eurêka !, ils se dirigent vers le large, en ramant avec des manches à balai. Tout est rustique (le radeau, les rames, l'équipage, le pays). Les curieux font un boucan de tous les diables (certains sourient, d'autres ont l'air soucieux) et il finit par s'approcher lui aussi, avec inquiétude et envie. Il est surpris de ne pas entendre de cris de réprobations – vermines, traîtres ! – ou autres gentillesses dans le genre ; au contraire les gens semblent prendre part à l'odyssée (l'enthousiasme est contagieux). Les vagues bercent l'embarcation en caressant ce qui devrait être la quille et six ou sept visages rient comme des enfants avec un nouveau jouet : ils n'y arriveront pas, se dit-il en voyant le radeau s'éloigner et disparaître derrière les vagues.

19

Une heure durant, les curieux restent au même endroit, à discuter entre eux, à raconter ce qu'ils ont vu aux nouveaux venus qui s'approchent (des mouches, se dit-il, tout autour du disque rayé de la merde). Il avait choisi ce coin pour sa tranquillité et il l'a soudain vu envahi par la réalité. Il y a toujours eu des fous pour se jeter à la mer sur d'inconcevables radeaux ; ce qui est inconcevable maintenant, c'est que cela se produise en plein jour. Il se demande s'il a été tellement plongé dans ses pensées qu'il n'a pas vu ce qui se passait autour de lui, ou si les choses passent trop vite et que lui, enfermé dans sa branlette métaphysique, ne parvient pas à retenir les événements. C'est comme si sa mémoire s'était elle aussi soumise au grand disque rayé qui régit la vie : mémoire sélective, mémoire craintive, mémoire limpide, correcte, débarrassée de ses impuretés.

Il prend le chemin du retour. Il entre chez lui, enlève sa chemise (il met une cassette de Moussorgski) et appelle le bureau, en inventant une excuse. Le chef le rassure.

– Ce n'est pas grave ; mais va voir un médecin. – C'est la première fois qu'il est absent à son travail (alors qu'il le déteste) donc cette absence inquiète. – Tu es sûr que tu n'es pas malade ?

– Non, camarade, c'est juste… un petit malaise.

Il raccroche. Rhum, cigarette, canapé. Il prend un livre au hasard, l'ouvre à n'importe quelle page, n'importe quel paragraphe, n'importe quelle ligne, et lit à partir de là, sans y prêter attention.

Le disque rayé de la vie quotidienne se superpose à l'histoire et, bien sûr, à toutes les hallucinations à propos du futur (la seule chose qui importe vraiment, c'est aujourd'hui) ; le reste : de la masturbation intellectuelle. Il s'enferme dans la salle de bain en pensant à la Russe (il profite que l'eau est revenue pour prendre une douche sans se presser) : il éjacule en arrosant les murs (ses genoux chancellent). Il se sèche avec une vieille serviette effilochée ; puis il défèque. Ça y est, il est un homme nouveau.

20

Il est réveillé par un rayon de soleil qui lui torture l'œil gauche, le vrombissement du ventilateur vrillé dans ses deux tympans et la viscosité de l'été qui imbibe draps et oreiller. Sans y réfléchir, il appelle un ami docteur pour lui demander un certificat médical (ils se donnent rendez-vous dans un parc de leur enfance) ; il prend son appareil photo, quelques vieux rouleaux de pellicule et sort. Il marche sur le Malecón jusqu'au bout (il traverse par le tunnel de la Cinquième) et s'assied pour attendre. Attendre quoi ? Que le disque rayé de l'inévitable entre en scène.

Une heure plus tard, un groupe d'adolescents s'approche du bord de l'eau avec des planches, des cordes et des bidons vides. En un peu moins de quarante minutes, ils fabriquent un engin flottant aux dimensions réduites (ils inventent un mât avec un tube métallique et des draps font office de voile). Quelques bidons d'eau et des boîtes de biscuits serviront de ravitaillement pour l'équipage. Les gamins préparent la barque – il photographie le processus – jusqu'à ce que l'un d'eux (dix-sept ans tout au plus) s'approche pour lui poser des questions avec tout le culot d'un gamin de quartier :

– T'es flic ou quoi ?

– Non, non, non, flic sûrement pas, qu'est-ce que tu crois ?

– Ben, c'est que tu restes là à prendre des photos.

– Je suis seulement un témoin de mon époque…

L'adolescent le regarde comme on regarde un poète incompris.

– T'es qu'un putain d'indic, et il fait demi-tour, le plantant là, son appareil à la main, sans lui laisser le temps de l'envoyer se faire foutre.

21

Il termine le premier rouleau de pellicule quand l'objet flottant s'éloigne avec sa cargaison de ceux qui en ont marre de tout et que rien ne retient plus. Pendant que la barque avance vers le détroit de Floride, il reprend le chemin de chez lui (en traînant les pieds), en se demandant à quel moment le rêve de l'avenir est resté ancré dans le passé : tout ce que nous pensions avoir laissé derrière, se dit-il, revient de nouveau (tous les vices de l'*ancien régime*, mais *today*), comme une vis qui tourne à vide ou un disque qui se raye, et tourne sans avancer.

La violence est partout, se dit-il : les esprits sont toujours sur le point de craquer et n'importe quelle excuse, aussi mince soit-elle, suffit à déclencher le crime. La faim nourrit, le désespoir est le seul espoir, se dit-il. Il arrive au parc (en face d'un théâtre) où il retrouve son vieil ami. Assis sur le rebord de la fontaine tarie, le docteur lui remet le papier qui fait de lui officiellement un malade et le dispense de travailler pour quelques jours. Ils fument tous les deux – en regardant passer les enfants – et ils se souviennent du temps où ils étaient aussi enfants et jouaient à être des agents de la Sécurité :

– Je m'en vais, annonce le médecin, ce n'est plus possible.

– Je sais. Je sais…

Ils se quittent avec une accolade, en sachant que ce sera la dernière, l'adieu final. Il arrive chez lui et se jette sur le canapé, fatigué, sans envie de réfléchir. Il se sent vieux, maigre, sale, paumé – qu'est-ce qui a changé depuis hier ? Il se demande à nouveau s'il n'est qu'un esthète tourmenté, et il ne sait pas quoi répondre. D'un côté, comme n'importe qui sur ce disque rayé, il vit plongé dans l'épopée de la dignité pauvre mais digne, du sacrifice comme modus vivendi et de la résistance comme dépassement ; d'un autre côté – il se torture lui-même – il ne comprend pas en quoi la pauvreté est une œuvre d'art ou l'échelon suprême de l'évolution sociale.

22

L'après-midi est lent, un micro-enfer chaud au milieu de l'été : une torpeur aussi grande que la mer s'empare de la vie. Il plonge dans une somnolence peuplée d'images de requins et de cadavres ; il rêve qu'à la loterie il mise sur le huit (la mort) et le dix (le gros poisson) et qu'il gagne un voyage pour l'autre monde. Il se réveille trempé de sueur. Il est neuf heures du soir, il le sait à cause des milliers de téléviseurs autour de lui qui mettent la telenovela à fond (la ville à cette heure se paralyse, suspendue à des amours et des drames étrangers). Il se traîne jusqu'à la salle de bain pour se mouiller un peu, remède sans effet contre la chaleur. Puis il prépare un dîner léger et frais, et consacre sa soirée à un film de science-fiction. Il dort sur le canapé, la télé allumée, la porte du balcon ouverte, et la faible brise estivale adoucit son long sommeil.

23

Il se réveille à six heures et demie. Il se prépare un café fort sans sucre qu'il boit sur le balcon, en regardant la mer. Il descend à la boulangerie où les gens attendent debout en râlant leur ration quotidienne. Il retourne à l'appartement une heure plus tard, conscient d'être un privilégié, de ne pas dépendre, comme d'autres, seulement de son salaire et du carnet de rationnement : les dollars que sa mère lui envoie suffisent pour acquérir certains produits de luxe, du beurre, des yaourts, du lait, et lui permettent de s'alimenter d'une façon impensable pour beaucoup de ses voisins.

Il dévore son petit-déjeuner, fume la première cigarette de la journée et allume Radio Reloj. Il lit un roman russe. Il est d'excellente humeur, il a bien dormi (malgré l'état désastreux du canapé) et il dispose de plusieurs jours de liberté, qu'il pourra rajouter à ses vacances. Les nouvelles ne disent rien de neuf (rien qu'il n'ait déjà entendu hier, ou la semaine dernière, ou le mois d'avant) et il cesse peu à peu de prêter attention au ton monotone des speakers. Le roman, en revanche, le saisit à chaque page, et il se plonge dans la tragédie annoncée d'un personnage anonyme et banal – si lointain, si étranger qu'il finit par s'en sentir proche.

Vers midi, il se prépare un déjeuner frugal que sans cesser de lire il dévore en quelques minutes. Il est en train de laver l'assiette et la poêle quand il entend des voix dans la coursive – d'abord il n'y fait pas attention, pensant qu'il s'agit d'une affaire privée, mais peu à peu il comprend qu'il se passe quelque chose de moins habituel. D'autres voix se font entendre, on lance des questions et des affirmations précises (il entend l'expression "de nombreux morts", et le doute n'est plus de mise).

– Qu'est-ce qui se passe ? demande-t-il en sortant sur le palier où un groupe de cinq ou six personnes discutent sans s'arrêter.

– Mon neveu qui travaille au port, commence à raconter une octogénaire, m'a téléphoné tout à l'heure : il paraît que des individus ont volé un bateau.

– Un bateau ? demande-t-il, étonné.

– Oui, oui, un bateau, un de ceux qui travaillent dans le port – un remorqueur, précise quelqu'un. Ils l'ont pris pour quitter le pays, et il paraît qu'il a coulé en sortant du port.

– On l'a coulé ! s'exclame un voisin, connu pour ses opinions excentriques.

– Comment ça, on l'a coulé ? Il a coulé, réplique un camarade en fixant l'excentrique (on entend un éclat de rire sarcastique).

– Mais ça s'est passé quand ?

– Hier soir, ou de très bonne heure ce matin, je ne sais pas.

– J'ai écouté la radio toute la matinée et ils n'en ont pas parlé.

– Mais pourquoi ils le diraient, puisque c'est eux qui l'ont coulé ? insiste l'excentrique (le camarade le fusille du regard).

– Et il y a des morts ? demande-t-il.

– Beaucoup apparemment, mais mon neveu ne sait pas combien. Il dit qu'il va me rappeler quand il en saura plus.

– C'est sûrement une provocation de l'ennemi ! crie le camarade en pleine surchauffe patriotique.

– C'est clair ! L'ennemi est chez nous… !

La discussion s'arrête net quand un autre voisin apparaît en uniforme de policier (visage grave, pistolet à la ceinture) et passe devant le groupe en marchant à grands pas.

– Alors, c'est sérieux ? lui demandent-ils.

– Moi, tout ce que je sais, c'est ce qu'on m'a dit au téléphone : qu'il est arrivé quelque chose de très grave et que je dois rejoindre l'unité le plus vite possible.

Il fait une pause.

– Et je n'aime pas du tout ça, dit-il avant de disparaître dans l'escalier.

Il retourne dans l'appartement, le temps nécessaire pour enfiler des chaussures, mettre une nouvelle pellicule dans son appareil et il sort dans la rue, où le soleil lui semble plus violent que d'habitude. Il se dirige vers la baie, en observant attentivement – tout en feignant l'indifférence – les groupes qui se forment aux coins des rues, dans les files d'attente et sur le Malecón. En apparence, le disque rayé de la vie quotidienne est toujours intact, il se répète comme tous les jours ; mais au fond, dans les profondeurs, quelque chose bouge, se disloque, se fracture.

Il arrive dans la partie la plus ancienne de la ville et rejoint le port. Il y a des gardes partout (comme un ornement public) : il ne peut pas s'approcher. Un flic lui coupe le passage et avec une amabilité ostentatoire l'invite à ne pas rester là, camarade. Il prend quelques photos. Un petit groupe gesticule, pointant du doigt le Morro, la forteresse qui surplombe le port, et la pleine mer. Il s'approche, l'un des types affirme :

– C'est comme je le dis, hier soir j'étais là, avec ma copine, et j'ai tout vu.

24

Il s'arrête devant la porte de l'octogénaire, il hésite un peu. Avant qu'il ait sonné, elle ouvre, toujours aux aguets de tout mouvement dans le corridor (la médisance du voisinage l'accuse, sans doute injustement, de médisance).

– Heu… je voulais savoir si vous avez des nouvelles de votre neveu… vous savez, pour l'histoire du port.

L'octogénaire regarde à droite et à gauche, comme dans un mauvais film d'espionnage, et murmure avec des airs de conspiratrice :

– On sera mieux à l'intérieur pour parler.

L'appartement est un musée d'objets inutiles : des poupées russes, des images pieuses et des bibelots chinois de faible valeur esthétique, se dit-il. Il s'assoit sur un canapé rouge recouvert d'une housse de nylon transparente et rempli de coussins et de poupées en plastique. La cuisine date des années 50 : le frigidaire et les étagères, en formica et en peinture laquée, aux angles ronds, ont des proportions démesurées pour un espace aussi réduit. L'octogénaire sert une tisane dans des tasses qui ont l'air en porcelaine (le sont-elles ?) et lâche son discours :

– Mon neveu dit qu'il n'y a jamais eu d'accident – il lève un sourcil –, qu'il y a eu des ordres venus d'en haut pour empêcher à n'importe quel prix qu'ils s'en aillent avec ce bateau – il feint la surprise –, qu'ils ont commencé par leur balancer de l'eau avec des lances à incendie pour dégager le pont – comme les pompiers, ajoute-t-elle, et qu'ils ont ensuite éperonné l'embarcation pour la faire couler.

– Elle a coulé ?

– Oui, ils avaient l'ordre de l'arrêter, mais pas de la couler – et l'octogénaire, avec un air assez coquet, lui fait un clin d'œil tout en continuant à le fixer de l'autre. Ils étaient dans les soixante-dix, et il y en a au moins trente qui se sont noyés.

De retour chez lui il allume Radio Reloj pour voir s'ils en parlent. Il sait que c'est toujours comme ça ; devant l'absence d'information, il ne reste que les spéculations et les rumeurs. Les nouvelles se répandent de bouche en bouche en se déformant au passage (comme un foutu disque rayé) pour finir par se transformer en légendes urbaines à la véracité plus que douteuse. Elles se propagent comme un virus dans cet organisme sans défense, rendant impossible la distinction entre réalité et imagination, méta-récit et fiction. Elles manquent de sources fiables, se dit-il : comme ces infos, aussi improbables qu'incertaines (l'année prochaine, la production augmentera de je ne sais quel pourcentage ; le contrat commercial avec la Chine accroîtra notre capacité de consommation d'un autre pourcentage quelconque, proclame la radio). Il mange du bout des lèvres du riz et un œuf au plat, sans cesser de se demander ce qui va se passer maintenant. Il reste quelques minutes dans le vague, les yeux fixés sur le mur. La question revient, obsessionnelle, et le mur ne répond pas.

25

Il monte chez la Russe. Il sait qu'elle capte tous les jours la radio étrangère : il la trouve pile à côté de l'appareil. Le disque rayé de la dénonciation depuis l'autre côté de la mer résonne dans le salon de son petit appartement, carré et soviétique comme l'immeuble. La Russe se mord la lèvre, soucieuse. La nature politique a eu des effets sur elle depuis l'enfance : petite fille, elle recevait des lettres de ses parents, envoyés en Sibérie, et à une époque de sa vie elle a elle-même été accusée du crime capital : faire des affaires.

Elle a été envoyée sur cette île inhospitalière, dernière chance d'aller au ciel avec les justes. Elle est venue chercher la rédemption et elle a fini par faire du business, se dit-il. Il l'observe en douce (sa beauté dure, rigide, et son sourire chaleureux). Il se dit qu'il a fini par l'aimer et s'en étonne : il en vient à la conclusion qu'elle est la seule chose dans sa vie à laquelle il tienne. Elle demande :

– Toi aussi, tu t'en vas ?

Ils se regardent durant plusieurs minutes, des années peut-être, et il ne répond pas. Ils se parlent en silence, accompagnés par les bruits étouffés de la ville et par un affligeant boléro que la radio recrache avec lassitude.

26

Il appelle un ancien camarade de fac, que l'intérêt pour la mécanique des appareils photo a poussé à se passionner pour la photographie en elle-même. Il va lui rendre visite juste après la telenovela avec une bouteille de rhum, des cigarettes et deux pellicules à développer.

La cuisine se transforme en petite chambre noire ; à côté de l'évier surgissent un agrandisseur tchèque, des bacs avec du révélateur, du fixateur et de l'eau, et ils passent l'heure qui suit à révéler et à faire quelques tirages.

– Les choses se gâtent, dit son ami sur un ton de réplique de film. C'est un naufrage et les rats quittent le navire. Écoute-moi bien : la révolution a échoué, dit-il, non sans grandiloquence provocatrice (*enfant terrible**), se dit-il. Avant, c'était un gros géant, à la Pavarotti, avec un enthousiasme aussi grand que

* En français dans le texte. (*NdT*)

l'univers ; à présent il est maigre, anodin, sans charisme. L'anémie l'a dépouillé de son identité. Son optimisme a disparu avec son ventre, comme si celui-ci était le reflet exact de l'espoir et du bonheur.

– Non seulement elle a échoué, poursuit-il, mais elle prétend nous entraîner dans son naufrage. Et qu'est-ce qu'on peut y faire ? Merde, tu te rends compte que nous avons toujours été partie prenante de tout ça ? Qu'est-ce qu'on va faire maintenant ? crie l'ex-gros, au troisième ou quatrième rhum.

Lui allume une cigarette et se contente d'ébaucher un sourire de vieux clown mal payé, avant de surenchérir :

– Pour commencer, cette île est en train de couler dans la mer…

– Oui, c'est ça le problème, coupe l'ex-gros, l'île est en train de couler et on peut pas rejeter la faute sur les autres. Nous nous sommes torpillés nous-mêmes. Écoute-moi bien : nous-mêmes.

– Au fait, demande-t-il comme si la chose était sans importance, tu sais quelque chose sur le remorqueur qu'ils ont coulé ?

– Quel remorqueur ? lui renvoie aussitôt l'ex-gros. Tu n'as pas appris que les choses ne se passent que si les infos disent qu'elles se sont passées ? Tu as entendu une version officielle ?

Il secoue la tête et l'ex-gros poursuit :

– S'ils n'ont rien dit, c'est parce qu'il ne s'est rien passé. Et la discussion est close, camarade.

Ils passent des heures à boire du rhum. L'alcool provoque l'inévitable nostalgie, ce disque rayé du passé lointain...

– Et mes photos ? demande-t-il. Qu'est-ce que tu en penses ?

– Pour un débutant, tu ne te débrouilles pas mal. C'est quoi ton appareil ?

– Un Kiev.

L'ex-gros le regarde avec ironie :

– Mon pote, c'est pas un appareil ça, juste un truc inutile pour pratiquer la photographie contemporaine.

– Quoi ?

– Jette cette merde à la poubelle, elle ne vaut pas un clou.

L'ex-gros se dirige vers une armoire remplie d'appareils et d'accessoires et revient avec un Pentax noir (vieux, solide), deux objectifs (un 35 et un 200) et un flash :

– Voilà un équipement de base mais correct. Je te le prête, ajoute-t-il. La seule chose que je te demande, c'est de faire de bonnes photos. Tout cela ne va pas durer : nous sommes des acteurs de l'histoire, camarade.

Ils se disent au revoir et il reprend le chemin de chez lui. Il traverse la nuit en trébuchant, rebondissant entre murs et doutes : nous ne sommes pas des acteurs de l'histoire, se dit-il, nous nous laissons porter par elle. Comme les courants marins. Nous nous éloignons de la côte. Nous jeûnons à la dérive : l'Histoire nous emporte. Après des décennies de domestication, maintenant elle se rebelle. Nous avons été incapables de la transformer, et elle nous présente la note.

Un jour elle se raye…

27

On frappe à la porte avec une insistance mauvaise. Il est pétrifié par la gueule de bois. Il a dormi tout habillé, chaussures comprises, et maintenant, avec un équilibre plus que précaire, il se lève. Le sourire de l'octogénaire se fige quand elle le voit, mais son éducation l'empêche d'émettre une remarque vulgaire ou déplacée.

Elle lui montre le journal.

– Tu vois, je t'avais dit que c'était un accident, dit-elle en montrant un paragraphe.

– "Acte irresponsable de piraterie… accident malheureux."

– Bon, murmure-t-il, alors on peut avoir la conscience tranquille.

L'octogénaire sourit :

– La conscience, peut-être, tout le reste est inquiétude, et elle s'en va en fermant délicatement la porte.

Le chef au téléphone :

– C’est moi… Je sais que tu es malade mais il faut que tu viennes cet après-midi ; il y a une assemblée improvisée. Je suppose que tu as lu le journal d’aujourd’hui.

– Oui, camarade, une voisine me l’a montré. Pour tout dire, depuis que j’ai entendu la rumeur, j’attendais des informations.

– Très bien – il peut presque imaginer le chef lui tapotant l’épaule d’un geste condescendant –, tu comprendras donc que nous ne pouvons pas permettre que des traîtres à la patrie, criminels et drogués s’en tirent comme ça. Il faut faire quelque chose. Quelque chose d’énergique.

– Bien entendu, camarade. La patrie d’abord.

Et il raccroche.

28

La patrie, cette chose étrangère qui exige la mort de ceux qui la composent, se dit-il. Une institution cernée par les ennemis, une paranoïaque permanente qui fait appel à nous. Nous lui devons tout. Notre obligation première, c'est elle. Sans elle, nous ne sommes rien, se dit-il.

Il se sert un café et une aspirine, puis une omelette. À la radio ils parlent enfin de ce qui s'est passé et il a l'intuition que ce genre d'événements en appellera d'autres semblables. C'est ce qui est arrivé au moment de Mariel, se dit-il (le feu s'est propagé en un clin d'œil à tout le pays). Il est trois heures et demie quand il se rend au bureau, fendant l'air raréfié de la ville. Les bus et les taxis collectifs avancent par inertie, les gens somnolent ; les immeubles fondent comme dans un tableau de Dalí : surréalisme tropical.

29

Le meeting est présidé par un type maigre et plutôt jeune (moustache bien taillée, t-shirt à l'effigie du Mouvement du 26 juillet, jean national) qui explique avec une voix d'agitateur pourquoi il faut être vigilant et prévenir (il souligne le verbe) tout événement échappant aux normes établies.

– Prévenir ? demande quelqu'un d'un ton hargneux.

– Si besoin par la force ! crie l'orateur au bord de l'hystérie ou de l'orgasme. Oui, camarades, si besoin par la force !

À cet instant, sans savoir pourquoi, il lève la main, se met debout et d'une voix calme dit :

– Moi, je ne suis pas là pour faire le flic.

Un épais silence se fait. Des dizaines de visages se tournent vers lui (la scène se déroule au ralenti, avec une profondeur de champ réduite), bouches bées.

– Qu'est-ce que tu dis ? interroge l'orateur, entre surprise et indignation, peu habitué à ce qu'on lui dise non.

– Je dis que je ne suis pas là pour faire le flic, répond-il d'une voix ferme.

Et sans rien ajouter il tire de sa poche la carte du Parti, s'approche et la laisse tomber sur la table, sans héroïsme, comme si le geste était naturel, évident, le seul possible dans les circonstances actuelles.

– Je ne suis pas là pour faire le flic.

Il tourne le dos et s'en va.

30

Il est fatigué. Son monde s'écroule : il reçoit des convocations, on enquête, on fouille dans sa vie. Il a perdu son travail, évidemment, il n'a que ses maigres économies et ce que sa mère lui envoie. Avec cette tache dans son dossier, il n'y a plus rien à faire : il sait qu'il est foutu. En slip sur le balcon, il suit les événements comme s'ils ne le concernaient plus, il observe, il calcule. Il s'habille légèrement et va sur le Malecón. L'appareil photo en bandoulière.

Tout commence d'un coup. Il photographie un groupe à un coin de rue. Puis d'autres s'approchent, d'autres encore un peu plus tard, et en un instant, comme s'il s'agissait d'une pièce de théâtre – une performance, un happening –, tous commencent à crier : À bas ! À mort ! (Cela ressemble à la fin du monde, ou au moins à son annonce.) Et cela continue. Pour la première fois de sa vie il assiste au beau spectacle de la manifestation spontanée, et pas au disque rayé de l'événement programmé. Être le témoin d'une véritable révolte, aussi minime soit-elle, lui rend l'optimisme pour une seconde.

Les vitrines volent en éclats sous le poids des cailloux, et les parpaings font leur apparition. Une nuée d'uniformes quelconques surgit au coin de la rue pour écraser les révoltés : cela devient une bataille rangée (médiévale) : une horde contre l'autre, des barres de fer et des pierres en guise d'armes – des cris de guerre, des crânes fendus, des yeux crevés, des vies… L'impensable devient réalité, même si cela ne dure qu'un instant. Quelques heures plus tard, le dirigeant apparaît dans sa jeep, entouré des siens. Les rues s'emplissent de fidèles jusque-là cachés. Les vivats retentissent. Le feu s'éteint…

31

Durant des semaines il erre avec son appareil sur le bord de mer, photographiant le monde qui s'enfuit – les visages qui sourient face à l'aventure de la fuite, la provocation adolescente de la fugue. Il assiste avec étonnement au spectacle inattendu des policiers qui observent sans intervenir (il n'y a ni coups ni arrestations, seulement une surveillance à distance). Sur le Malecón, des groupes se forment pour encourager ceux qui partent (des applaudissements, des souhaits de bonne chance, des cris de soutien) : une fête collective, des adieux de masse, une messe joyeuse. Une liturgie. Il n'avait jamais pensé que le disque rayé de la vie quotidienne pourrait résonner de cette manière, que la ville pouvait se transformer à ce point. Ce n'est pas que la société se désintègre mais qu'à cet instant précis il n'y a plus de corps social (nous sommes des prédateurs, se dit-il : nous essayons de dévorer notre prochain). La faim nous rapproche, oui, mais elle nous transforme aussi en proie pour le plus fort – et il y a toujours quelqu'un de plus fort que soi.

Tous les jours on entend des nouvelles (ou de l'intox, comment le savoir) à propos de ceux qui sont arrivés et de ceux dont on ne sait rien. Des familles entières disparaissent en mer – les statistiques sont un sujet de conversation. Des semaines et des semaines à observer la ville se vider ; pas un seul jour sans qu'il apprenne le départ d'un ami ou d'une connaissance (le médecin, l'ex-gros, son ex-épouse, et tant d'autres) : la vie réelle remplace la telenovela de vingt et une heures. Le disque rayé de la politique se répète encore et encore : des pions que l'on sacrifie sur l'échiquier du détroit de Floride. Nous ne comptons pour rien, des déchets jetés à la mer, se dit-il.

32

Un bruit – un claquement – et le cycle recommence. Il ne dort pas : l'heure approche. L'orage frappe le littoral, les vagues se dressent contre le mur, le vent fait un bruit de basson fêlé et l'obscurité naturelle coïncide avec la coupure d'électricité programmée. Il s'installe à la cuisine avec une demi-bouteille de rhum, à la lumière d'une bougie (une tache noire traverse le quartier et se fond dans la mer). Les heures ne passent pas – le temps stagne. Les voix des citoyens sont inaudibles. Il prend son sac à dos (rempli de négatifs et de rouleaux non développés), il s'enveloppe dans un imperméable et protège l'appareil avec un sac en plastique. Il sort. Il trouve les autres en train de préparer le canot, de régler les derniers détails. C'est un engin en bois de cinq mètres sur deux, avec des bidons d'essence comme flotteurs et un moteur hors-bord récupéré sur une machine à laver russe : il n'y a que nous pour oser appeler canot une merde pareille, se dit-il. Ils chargent les provisions (de l'eau, du pain dur, des compotes volées on ne sait où), les appareils de navigation (une boussole, des jumelles de pacotille, une fusée d'alarme dont personne ne sait si elle marche, du fil de pêche et un hameçon), et ils n'arrêtent pas de parler. Il enregistre l'événement sous une pluie impitoyable, provocatrice. Il vit tout cela comme un reportage photo (le sien : celui qui le rendra célèbre à son arrivée, ses adieux à l'anonymat et à la médiocrité, sa véritable profession, se dit-il). Tout est prêt. Ils se lancent. La mer est attirante comme l'infini…

33

Le jour se lève quand le radeau s'éloigne secoué par les vagues (sous la pluie et les rafales de vent, en proie aux va-et-vient du hasard). Pour la première fois de sa vie il voit la ville depuis la mer et se dit qu'elle ressemble à une vieille pute décadente qui n'a pas perdu toute sa beauté. Il se dit aussi qu'il va la regretter.

Vers dix heures du matin, ils croisent un garde-côte. La vedette s'approche et on leur demande s'ils ont bien emporté ce qu'il faut (la dizaine de photographes, de cameramen et de journalistes qui sont avec les gardes insistent à grands cris pour les interviewer). Lui, de son côté, photographie les gardes en uniforme. On leur dit que le cyclone va les cueillir en plein détroit, qu'ils feraient mieux de faire demi-tour et de recommencer dans quelques jours.

– Plutôt crever ! On y va !

Lui a le mal de mer et est d'accord avec les garde-côtes. Il sait, pourtant, qu'il n'y a pas de retour possible : les dés sont jetés.

À quatre heures, la mer ressemble à une chaîne de montagnes noires aux cimes enneigées ; le ciel est un négatif de lui-même, le soleil n'existe plus et tous commencent à comprendre que le cyclone est bel et bien là. La houle a détaché l'un des bidons qui les maintenaient à flot et le radeau boîte, en faisant de son mieux pour continuer à flotter. Ils s'accusent les uns les autres, le désastre approche – l'un pleure, un autre prie, quelqu'un est pris d'un rire hystérique et ils passent ainsi par tous les stades de la compréhension de l'échec. Lui, dans un coin, photographie la scène sans trembler. Il veut fumer, mais au point où ils en sont, les cigarettes sont devenues une pâte malodorante non identifiable. L'appareil est trempé, il a l'intuition que ces photos ne seront jamais développées.

Ils remontent une vague d'un kilomètre ; au sommet, ils voient la bouche de l'abîme. Durant des secondes éternelles ils contemplent les dents de la mer (la gueule de Neptune, le mufle de la fin) et ils commencent à descendre conscients que tout est fini. Une autre vague les frappe de côté : le radeau chancelle, se brise.

Le tourbillon les engloutit, ils tournent comme un disque rayé.

Trente-trois tours par minute. Trente-trois révolutions…

CANEK PAR CANEK

NOTE DE L'ÉDITEUR

Il nous semble nécessaire de compléter la lecture de ce texte par quelques écrits de Canek Sánchez Guevara : d'abord une courte "autobiographie", tirée du blog qu'il a tenu sur le site du *Nouvel Observateur* au cours de l'année 2010 (*Sur les pas du Che. Voyage sans motocyclette*), puis un extrait du livre *Les Héritiers du Che*, cosigné avec Jorge Masetti aux Presses de la Cité, et enfin une interview menée par Daniel Pinós, du *Monde libertaire*, en 2005.

"LE PETIT-FILS DU T-SHIRT"

Canek Sánchez Guevara
La Havane 1974 – Mexico 2015

Canek Sánchez est un oisif professionnel diplômé en Sciences du comportement urbain des rues de La Havane, nanti d'études élémentaires et supérieures acquises à Mexico, Monterrey, Oaxaca, Milan, Marseille, Barcelone et dans quelques autres banlieues. De nationalité apatride, il est détenteur de deux passeports, même si l'un d'eux ne lui sert à rien et l'autre plus ou moins. Il n'a pas de maison, pas de voiture, et sa solvabilité bancaire est nulle. On raconte qu'il n'a jamais voté. Il a publié plusieurs exercices, tous déplorables. La presse impérialiste et démagogue l'appelle "le petit-fils du t-shirt". À part ça – assure-t-il – c'est un homme.

ONDERGRAUN

Un "friki" à La Havane

Extrait du livre Les Héritiers du Che,
(Presses de la Cité, 2007)

J'appartiens à la génération hédoniste, et chaque fois qu'on entendait le mot "sacrifice", on se tirait vite fait. D'après nous, le sacrifice, c'était très bien pour les premiers chrétiens, mais totalement déplacé pour une jeunesse tropicale postmoderne. Pour notre génération, l'épopée du sacrifice ne signifiait plus grand-chose, et l'impression constante que le simple fait d'être jeunes faisait de nous des criminels n'arrangeait rien. Nous n'étions pourtant pas subversifs, plutôt profondément indifférents envers le régime : tous ses discours nous semblaient des contes à dormir debout, incompatibles avec les réalités quotidiennes de notre adolescence.

[...]

Le plus important, c'était l'amitié, les fêtes, les concerts de rock au Patio de María et l'affirmation de notre différence dans un pays où égalitarisme était synonyme d'uniformisation. Le "moi", c'était bourgeois et décadent ; le "nous", révolutionnaire et moderne. Moi, je prenais tout ça à contre-pied, ainsi que le "nous tous" englobant mes amis et moi. Ce n'était que l'expression de cette manifestation naturelle d'autoaffirmation que vit n'importe quel jeune "alternatif" où qu'il soit. Mais, alors que dans les sociétés du monde capitaliste, les jeunes alternatifs se révoltaient contre l'obsession de la grosse voiture et de la maison avec piscine, nous, à Cuba, nous nous révoltions contre une image du succès qui consistait à avoir la carte de l'Union des jeunesses communistes et à monter dans la hiérarchie politico-militaire (ce qui incluait maison et voiture). Là-bas, on se révoltait contre le capital, parce que le capital était tout ; ici c'était contre l'État, parce que l'État était tout.

On n'avait rien contre notre pays ; beaucoup de choses nous énervaient mais on comprenait que c'était la faute de l'État, pas du pays proprement dit. Même la pauvreté généralisée ne nous dérangeait pas plus que ça (on n'y prêtait pas trop attention : on était jeunes, à la charge des parents, ce n'était pas notre problème, même si on en souffrait quand même aussi) ; tout ce que nous revendiquions c'était notre droit à la différence dans notre pays. L'idée qu'un barbu du haut de son Olympe étatique nous dicte ce que devaient être nos aspirations, nos comportements, nos intérêts et nos priorités pour l'avenir nous semblait totalement ridicule. Il voulait même régenter nos goûts en matière culturelle ; on se demandait comment une telle arrogance était possible. Comment ce pauvre vieux pouvait se croire capable de connaître et de comprendre la jeunesse, si différente de lui. Mais surtout, et je pense que tous mes amis en conviendraient maintenant avec moi : le nationalisme nous horripilait.

Il faut voir avec quelle férocité on se moquait de ce vain orgueil, qui n'a rien à voir avec l'amour du terroir, ni avec le bonheur de se sentir chez soi, mais qui est plutôt une perversion exacerbée par des extrémismes politiques. On se marrait quand on entendait les cris hystériques de "Viva Cuba"), l'autocomplaisance des "Nous sommes un exemple pour le monde", "Ici se construit l'avenir de l'humanité", "le premier territoire libre d'Amérique". Cela nous laissait de marbre, nous, nous n'étions pas fiers d'être cubains, être tout court nous suffisait. Des slogans comme "La patrie d'abord" ou "La patrie ou la mort" nous faisaient mourir de rire, et il suffisait qu'un type en costume se lance devant nous dans de grands discours sur la Morale, la Patrie, la révolution ou l'État pour qu'on se moque de lui. Nous étions irrespectueux, iconoclastes et rebelles par nature, mais cela ne dépassait jamais le niveau d'un jeu d'adolescents. Après coup, cependant, ce jeu allait tous nous marquer. Après de longues années de silence et de distance, j'ai renoué le contact avec quelques-uns de ces amis et j'ai éprouvé un grand plaisir en les retrouvant pareils, mais pleinement conscients désormais. Cette attitude face au système cubain, qui dans notre enfance n'était que plaisanterie, nous l'avons emportée sous toutes les latitudes où nous ont conduits nos pas et aucun de nous, en aucune façon, ne se sent concerné par l'étiquette de *gusano* que les bien-pensants et bien intentionnés gendarmes du fidélisme dans le monde s'acharnent à nous coller.

C'était une époque géniale, on se soûlait (on était parfois vraiment soûls) de heavy metal anglais, de punk allemand, de musique électronique japonaise, de cinéma expérimental russe, de littérature argentine et de surréalisme français. Trotski nous fascinait (seulement son mythe d'"ange déchu", rien de plus évidemment) et, sans être anarchistes, nous étions parfaitement anarchistes. Nous avions quatorze ou quinze ans, tout ce que nous voulions c'était attirer l'attention, être différents, montrer notre révolte contre les stéréotypes imposés non par la société elle-même, mais par le gouvernement, par l'État. On s'habillait comme des clowns pour se faire remarquer et pour que tous nous regardent d'un air désapprobateur en passant. On était fiers chaque fois que la police nous arrêtait pour notre look totalement déplacé dans un monde de totale uniformité. On aimait protester et gueuler contre tout.

"JE DEVAIS DONNER L'EXEMPLE, MAIS MOI J'AI TOUJOURS ÉTÉ REBELLE"

Entretien avec Canek Sánchez Guevara,
petit-fils de Che Guevara
Propos recueillis par Daniel Pinós

Le cigare cubain en main, la barbe mal implantée, la chevelure brune, de bonne stature, Canek est le petit-fils de Che Guevara, le fils d'Hildita Guevara, la première fille du guérillero argentin et cubain. Résidant aujourd'hui au Mexique, Canek fait partie des "enfants rebelles de la révolution", il est membre du MLC (Mouvement libertaire cubain). Dans cet entretien, il exprime son point de vue sur Fidel Castro, le "Vieux", sur la révolution cubaine, et le rejet qu'elle lui inspire. Son témoignage met en évidence son besoin de rompre avec les mythes de la révolution, qui auront bercé son enfance et son adolescence. Pour Canek, la révolution cubaine n'est qu'un vulgaire capitalisme d'État. Elle a accouché d'une bourgeoisie d'État qui

use aujourd'hui des organes répressifs d'une dictature pour maintenir ses privilèges. La révolution a été étouffée par sa bureaucratie, par la corruption, par le népotisme et la verticalité.
Canek dévoile pour nous ce qu'est la criminalisation de la différence à Cuba, les persécutions contre ceux qui refusent la culture officielle et préfèrent vivre aux marges de la société : homosexuels, punks, libres penseurs, syndicalistes et poètes...

Pourquoi vis-tu aujourd'hui au Mexique ?

Mon père est mexicain, ma mère l'était aussi. J'ai fait mes études primaires au Mexique. À partir du moment où j'ai ressenti la nécessité de quitter Cuba, la première option pour vivre à l'extérieur de l'île a été le Mexique. Pour des questions administratives essentiellement, car j'ai des papiers mexicains et je n'avais ainsi pas à faire de demande pour un permis de résidence ou un permis de travail.
Je voulais comparer tout ce que j'avais étudié à Cuba avec la réalité mexicaine, relire l'histoire cubaine. Non pas l'histoire officielle qu'on m'avait enseignée. J'avais besoin de lire un grand nombre de choses interdites sur l'île. J'avais besoin d'une participation que je n'avais pu avoir à Cuba, où l'on nie les citoyens. Ne serait-ce qu'au niveau du quotidien, sans parler de participation aux grands événements, aux

grandes discussions transcendantales, aux grands projets. L'exercice de la citoyenneté est la première chose interdite à Cuba. Certains secteurs de la gauche m'ont alors attaqué pour mes prises de position par rapport à l'île. Ces gens considèrent que si tu n'es pas avec la révolution cubaine, tu es contre elle.
De toute façon ce n'est pas l'indisposition à la critique des militants de gauche qui me faisait peur. Mais j'avais besoin de penser autrement, de participer au débat sans passer pour un homme de droite. Je voulais que les choses soient claires, ce qui n'est pas facile pour cette gauche très fermée. Quand je suis parti de Cuba, je n'étais pas capable de me situer. Je vivais un rejet viscéral et total...

Dans cet entretien, tu fais référence à ton grand-père Ernesto Guevara de la Serna. Aujourd'hui, que représente-t-il pour toi, alors qu'il est devenu un mythe ?

Cette image du révolutionnaire pur, sans tache, que l'on reproduit aujourd'hui dans la gauche, est une simplification. De même qu'il est grotesque de dire qu'il était un criminel international, comme le font les anti-communistes radicaux. Le Che était beaucoup plus que ça et c'était un homme qui s'est dédié pleinement aux idées qu'il défendait, dans une sorte de recherche personnelle. Je l'admire, même si j'ai un désaccord profond avec ses idées sur les "foyers

révolutionnaires" et l'"l'homme nouveau", mais je ne peux les juger qu'à partir de la perspective actuelle. Si aujourd'hui quelqu'un vient et me dit : "Nous allons créer une guérilla et faire la révolution", je l'envoie balader. Son expérience en Bolivie a malheureusement montré au Che qu'il ne suffisait pas de créer un "foyer révolutionnaire" pour que la révolution éclate. Je suis guévariste, parce que Ernesto Guevara était un homme qui respectait ses engagements. Il a commis des erreurs en apportant son appui à une révolution qui s'est transformée par la suite en dictature. Je ne peux pas renier Che Guevara juste parce que je ne partage pas toutes ses idées. Je ne désire pas non plus lui ressembler. Cela me rappelle la manière dont on embrigadait les enfants, avec des slogans à Cuba : "Pionniers pour le communisme ! Nous serons comme le Che !"
Je ne pense pas à Ernesto Guevara comme s'il s'agissait de mon grand-père.
Je le lis comme je lis Marx ou Bakounine ou n'importe quel autre personnage historique. Il a des idées géniales et d'autres qui sont absurdes, prétentieuses et pathétiques. Je ne l'ai pas connu, je suis né sept ans après son assassinat. Ma mère me racontait certaines anecdotes de son enfance qui font qu'un lien familial profond s'est noué. À cette époque, j'ai grandi au contact de gens qui admiraient profondément le Che.

J'imagine que dans la mesure où tu étais le petit-fils du Che, durant toutes les années où tu as vécu à Cuba, on a beaucoup exigé de toi.

Mon père était persécuté au Mexique, alors nous sommes venus en Europe. Durant toute cette période, je n'étais pas le petit-fils du Che. On ne devait pas savoir que nous avions des liens familiaux avec les Guevara. J'étais un enfant comme les autres même si nous vivions dans l'illégalité. À mon retour à Cuba, en rentrant à l'école secondaire, je me suis converti en petit-fils du Che. J'avais 12 ans. Sans le savoir, j'ai appartenu à une espèce d'aristocratie révolutionnaire, à une bourgeoisie socialiste qui existait déjà, et avec laquelle je n'ai jamais sympathisé. En général les fils des dirigeants ne me plaisaient pas. J'allais à l'école de mon quartier, pas à celle des fils à papa. Mais il y avait une exigence particulière des professeurs à mon égard. Je devais bien me conduire, je devais donner l'exemple, mais j'ai toujours été rebelle, on ne peut rien m'imposer, sinon je fais strictement le contraire. Ma scolarité a été un désastre, je devais être le meilleur et j'ai été le pire des élèves.

J'ai lu dans un de tes témoignages que tu as refusé à Cuba d'entrer dans une Académie militaire.

C'est vrai. Juste avant que se termine ma dernière année dans le secondaire, des types de l'Académie militaire Camilo Cienfuegos m'ont invité à faire partie de ce centre éducatif. À Cuba, nous vivions avec le statut de techniciens étrangers. J'ai dit : "Je suis mexicain et il ne peut y avoir d'étrangers dans les institutions politico-militaires cubaines, alors je ne peux faire partie de cette Académie." Ils m'ont répondu qu'il n'y avait aucun problème, que tout était arrangé au plus haut niveau, alors j'ai répondu non merci. De toute manière, je n'ai jamais adhéré à l'Union des jeunesses communistes ni à aucune autre organisation officielle.

Il semble que ta vie a été plus liée au monde de la culture qu'à celui de la politique. Tu as appartenu, à Cuba, à un groupe qui vivait en marge de la vie culturelle officielle. Comment tu as vécu cette expérience ?

J'ai fait partie de l'univers culturel punk, marginal des bas quartiers. Je me sentais plus à l'aise dans ce milieu qu'au sein de la nomenklatura. Mais ça ne veut pas dire que la politique ne m'intéressait pas. Hélas à Cuba la politique est le fait de l'État. Dans les dictatures, la politique est l'affaire du gouvernement et elle ne doit pas concerner les gens.

Dans les pays de l'Est européen la nomenklatura s'est emparée, après la chute du mur de Berlin, des leviers économiques. Est-ce un scénario possible pour Cuba ?

La nomenklatura contrôle les entreprises mixtes, mi-capitalistes, mi-"socialistes". Le pouvoir n'installe pas aux commandes les personnes les plus compétentes pour diriger ces entreprises, mais les inconditionnels du régime. Par ailleurs, les mafias contrôlent le marché noir depuis des décennies et ceci n'est possible qu'avec la complaisance et la compétence des gens appartenant à l'appareil d'État. C'est de ces milieux-là que sortiront les grands chefs d'entreprises et les grands hommes politiques de demain. Il est clair qu'au sein même du parti communiste va avoir lieu une guerre de succession pour l'héritage, pour le trône, pour le pouvoir. Raúl Castro ne pourra pas exercer le pouvoir. Il n'a pas la dimension politique et il n'a aucun appui à Cuba. Il est totalement déconsidéré, on ne le craint même pas, c'est tout simplement du mépris. Rien ne lui enlèvera son image d'ivrogne. Et pourtant nous parlons d'une société où le rhum se boit au même rythme que l'eau.

Les gens qui applaudissent aujourd'hui Fidel vont rompre avec tout cela. Quand s'achèvera la contrainte de l'obéissance absolue, la société va changer. Le Cubain est très hâbleur, il n'aime pas rester muet, il doit donner son opinion à propos de tout. S'il ne parle pas de politique, c'est parce qu'on ne lui permet pas. Une de mes grandes inquiétudes est qu'après le processus d'idéologisation forcée se produise un effet inverse à celui qui est souhaité aujourd'hui par le pouvoir, que plus personne ne veuille entendre des choses relatives aux idéologies. Les jeunes ne veulent plus rien savoir du communisme, du socialisme, de l'anarchisme, ni d'un quelconque autre "isme". C'est un rejet viscéral des idées. Dans la réalité de tous les jours à Cuba, on peut constater que certaines de ces idées sont des mensonges. Ces idées, on ne les a pas fait rentrer par la tête des gens, mais par le cul, et toute la putain de journée, à l'école, au travail, à la télé et à la radio. Et c'est là où se situe le principal danger pour la société post-castriste : qu'il y ait un vide idéologique et politique qui soit immédiatement occupé par le capitalisme sauvage. Étant donné les carences matérielles dont souffre le peuple cubain, quand les marchandises américaines rentreront librement dans l'île et que les Cubains pourront accéder à elles, personne ne se préoccupera de politique. Les Cubains vont s'alimenter, réparer leur maison et tenteront de posséder tout ce dont ils ont manqué pendant plus de quarante ans. Il y a un danger d'apathie qui peut entraîner une droitisation. La droite triomphe lorsqu'il n'y a pas de débat politique, de participation citoyenne. Si on ne la pratique pas, la démocratie cesse d'exister. La démocratie ne peut pas être freinée, elle se construit pas à pas… Le socialisme aussi, si on ne le développe pas, il meurt. À Cuba, il est mort, il ne reste que ses oripeaux.

Quelles doivent être les principales préoccupations des anarchistes à Cuba ?

À Cuba, il y a des anarchistes, mais il n'y a pas d'anarchisme. Les anarchistes ne peuvent pas éditer un journal, ni avoir une station de radio. Ils ne peuvent même pas dire qu'ils sont anarchistes à voix haute. La première priorité sera d'améliorer le plus tôt possible les conditions de vie des Cubains. Il faut reconstruire les institutions qui doivent malgré tout continuer à exister et qui sont aujourd'hui en ruine : le système éducatif, la santé, les organes du "Pouvoir populaire", cette assemblée qui sur le papier est une organisation horizontale, mais qui dans la pratique est d'une verticalité totale.

Il me semble que l'un des points fondamentaux est l'appropriation citoyenne de l'anarchisme. Il ne peut pas être une chose sectaire et de type avant-gardiste. Cela veut dire continuer la lutte pour ne pas permettre aux politiciens professionnels de confisquer l'exercice du pouvoir, sans perdre de vue les objectifs que nous avons à long terme, ces idéaux qui font que nous sommes en marche vers un idéal. Nous devons nous investir dans les luttes que mènent les divers secteurs de la société : les associations de quartier, les associations écologistes… Nous n'aspirons pas au pouvoir, mais nous devons miner le corps social jusqu'à ses fondations. Nous devons participer

à toutes les batailles pour l'égalité, la démocratie, le respect. Dans la mesure où il y a des anarchistes qui interviennent dans la société, les idées acrates sont diffusées. Si nous ne laissons pas derrière nous les derniers vestiges du sectarisme libertaire, nous continuerons à être réduits à une secte, une minorité… Il faut insister sur la voie que nous avons choisie durant les dernières décennies. Depuis que l'anarchisme a abandonné les méthodes violentes.
Aujourd'hui Cuba est en ruine au niveau économique, mais aussi au niveau éthique. La misère est très importante, il y a une grande fracture sociale, avec des différences abyssales, quelquefois plus violentes que dans les sociétés capitalistes, la seule différence est qu'à Cuba, soi-disant, "on est en train de construire une société sans classes". Pour les anarchistes cubains, dans l'époque post-fidéliste, l'unique solution sera de participer à la reconstruction de Cuba, à la reconstruction de la société civile, à la reconstruction de l'État. Je le dis sans fétichisme parce qu'il est clair qu'une certaine forme d'État devra se substituer à l'État actuel. Nous les anarchistes, nous devrons participer à la discussion autour du type d'État qui conviendrait à tous. Cela implique l'acceptation momentanée du capitalisme en tant que mode futur du développement. Notre obligation est de le mettre en accusation, d'en profiter au maximum, de le presser, de l'"exploiter". C'est fondamental, il faut détruire un système basé sur la répétition, sur l'abrutissement, sur l'ennui…

Quelle est ta position par rapport à la gauche cubaine et latino-américaine en général ? Comment te situes-tu dans ce mouvement d'opposition ?

Il y a aussi une gauche citoyenne et civile, qui n'est rattachée à aucun parti. La gauche, par malheur, est chargée de rituels, de hiérarchies et de discours bizarres qui ne sont que des apparences, mais ils corrompent le fond. Une subversion qui reproduit en son sein les formes du pouvoir établi ne sera jamais totalement subversive. Par déformation culturelle, je suis un meilleur dilettante qu'un bon militant. Je ne suis d'aucun parti, je me situe dans la gauche critique de la gauche. Un mouvement d'individus de gauche se développe aujourd'hui. Ils sont capables de s'investir dans les organisations écologistes, étudiantes, culturelles, de quartiers, citoyennes dans le sens le plus large du terme, elles ont une incidence sur les petites choses de la vie locale. Les gens ne veulent plus d'un futur, des lendemains qui chantent, du communisme… Ce qui intéresse les gens c'est les solutions aux problèmes du moment et la gauche doit travailler à ça si elle veut avoir une influence sur cette abstraction que sont "les gens". Ce sont les citoyens qui résoudront leurs problèmes. L'unique façon de limiter les pouvoirs de l'État c'est de cesser de faire appel à lui. Nous devons insister, c'est là où sont les germes de l'autogestion, de l'autonomie, de l'auto-gouvernement, même si tout cela est à l'état embryonnaire.

Tu milites au sein du Mouvement libertaire cubain. Quels projets avez-vous ?

C'est un mouvement qui s'inscrit dans une pratique anticonstitutionnelle, qui ne vise pas la conquête du pouvoir politique, mais à avoir de l'influence, avec un certain nombre d'idéaux et de solutions réalisables… En ce moment, nous sommes dans la phase de diffusion de nos idées, mais aussi de développement des contacts avec différents secteurs à Cuba et en dehors. L'objectif est de démythifier le régime cubain et de se positionner face à un public politisé. À Cuba, il n'y a pas seulement une dissidence de droite, comme on veut le faire croire. Malheureusement beaucoup de secteurs de la gauche internationale souscrivent à cette idée. Toute cette merde que l'on déverse : "Tous les dissidents cubains sont payés par la CIA et le gouvernement des États-Unis", tout cela est un mensonge vulgaire. Bien sûr qu'il y a des groupes liés à la droite américaine, mais ce n'est pas le cas de toute l'opposition. La priorité est que la gauche latino-américaine renonce à soutenir le régime cubain et que les discussions puissent s'élargir.

Je crois que je suis un des membres les plus jeunes du MLC et un des derniers à avoir quitté Cuba, cela fait presque dix ans. Certains camarades sont partis depuis 1959 ou 1960, et Cuba a définitivement changé pour eux. Ils ont vécu le début du socialisme, moi j'en ai connu la fin… Aujourd'hui à Cuba existe un étrange régime hybride, qui s'alimente des pires choses en ce monde : l'exploitation capitaliste et la dictature propre au socialisme messianique et autocratique cubain, en définitive, il s'agit d'une double exploitation. Comment expliquer à ce peuple que ça n'est pas du socialisme, comment expliquer que le socialisme est quelque chose de mieux que ça ? Les mots ont été corrompus. Aujourd'hui à Cuba, le socialisme ou le communisme évoquent la dictature et l'anarchie évoque le terrorisme et le chaos, ou dans le meilleur des cas la cause d'adolescents révoltés. C'est pour cela que développer les contacts dans l'île est une priorité et c'est une des choses les plus difficiles. Il y a beaucoup de contrôles et par conséquent beaucoup de peur à Cuba. Quiconque écrit quelques lignes sur la situation cubaine prend vingt ans de prison. Il ne s'agit pas de chercher des martyrs, ni rien de ce genre. À cela, il faut ajouter les restrictions au niveau des communications, on est confrontés à une réalité très difficile.
Le capitalisme existe déjà à Cuba et il attend le feu vert pour se lancer à la conquête du pouvoir, de même que la droite et tous les autres courants politiques… Aujourd'hui, il faut insister sur le fait que

Cuba est un pays comme les autres et que les citoyens cubains ont des besoins similaires à ceux qu'ont les citoyens d'un autre pays. Toute cette histoire que le "Vieux" a inventée en disant que nous sommes une exception, l'avant-garde du monde et que Cuba est un exemple, tout ceci est du chauvinisme à bas prix. Le monde moderne est marqué par l'homologation ou plutôt l'homogénéisation des sociétés et de leurs nécessités. Ce sentiment d'être une exception ne convient pas à Cuba, ni à aucun pays, car cela mène à l'isolement…

En réalité il s'agit d'une société comme une autre, avec les mêmes différences en son sein, les mêmes contradictions. Surtout aujourd'hui, à l'heure où l'État ne peut plus exercer un contrôle absolu sur les consciences. Le discours officiel est trop en contradiction avec la réalité environnante pour se soutenir par lui-même.

Le rôle joué par les contre-cultures est patent dans la société cubaine, qui est aujourd'hui beaucoup plus tolérante qu'il y a vingt ans. Malgré les efforts du gouvernement pour s'opposer aux contre-cultures, la société cubaine se diversifie en laissant derrière elle les défauts de la pensée unique, de la morale absolue. Et cette transformation vient des couches les plus basses de la société. En plus, il y a le phénomène du croisement entre les traditions, les coutumes cubaines et les modes provenant de l'extérieur… Moi, j'ai eu à subir la dernière salve des prohibitions culturelles cubaines. Nous n'étions pas seulement réprimés par

l'État, mais aussi par la société elle-même. Faire partie d'une des tribus urbaines était très mal vu. À l'école, dans le quartier, au travail ou dans n'importe quel lieu où tu pouvais te faire remarquer. Le rock, particulièrement, était vu comme la musique de l'ennemi, la musique de l'impérialisme. On appelait ça de la déviation idéologique. On nous appelait les antisociaux, et bien sûr, pour ne pas être en reste, nous revendiquions cette appellation.
Le rock devint populaire parmi toute la jeunesse avec une chanson sur le fils de Guillaume Tell où on criait : "Et maintenant c'est au tour du père d'avoir la pomme sur la tête !" Ses concerts étaient impressionnants en raison de ce qu'ils signifiaient pour une jeunesse qui se sentait constamment persécutée et toujours exclue.
Ce n'est pas à Cuba qu'est en train de se jouer le futur de l'humanité, ni de l'impérialisme, ni d'aucune chose de ce style. Ce qui s'y joue, c'est le futur des Cubains, et rien de plus. Et si la gauche internationale est vraiment solidaire du peuple de Cuba, elle doit répudier la dictature. Cela n'implique pas forcément le renoncement aux idées anti-impérialistes et anticapitalistes.
L'idée selon laquelle la culture doit être un objet de culte est une énormité. L'État cubain, dans le débat sur l'objectif et le subjectif, a fini par transformer la culture, l'histoire, la patrie, le socialisme, le peuple, la révolution en objet. Il a fini par dévaloriser le subjectif qui est le sujet, l'individu. Le socialisme n'est

pas un édifice qui doit se construire. Il doit s'apparenter à un organisme vivant, composé de millions de cellules (les individus) qui se développent. Ce sont des choses qui se forgent à partir d'en bas, qui ont à voir avec la rupture de l'unité matérielle et avec l'acceptation de cette diversité cellulaire qui forme la réalité. Cette acceptation sociale de la différence est très importante. Si le "Vieux" était mort dans les années 60, peut-être que le régime aurait survécu à la mort de son Commandant en chef, mais aujourd'hui non. Le fidélisme va mourir parce que la société ne va plus accepter un modèle unique, et parce qu'il n'y a personne dans la sphère castriste qui ait la capacité de cohésion qu'a Fidel Castro.

Table

Cet ouvrage a été composé par
FACOMPO
à Lisieux (Calvados)

Achevé d'imprimer en mai 2016
par Normandie Roto Impression s.a.s.
61250 Lonrai
N° d'édition : 16137001 – N° d'impression : 1601941
Dépôt légal : août 2016

Imprimé en France